草木塔

【復刻版】

種田山頭火著

創風社出版刊

若うして死をいそぎたまへる
母上の靈前に
本書を供へまつる

目次

序
嚴肅な惱み

荻原井泉水
齋藤清衞

序

荻原井泉水

乞うて喰ひ貰うてくらひ、さすがに
年の暮れければ
めでたき人の数にもいらん年の暮

これは芭蕉の句である。乞うて食ふのは乞食の境涯であるが、正しい意味で食を乞ふことの出來るのは、立派なことである。世間一般の所謂、乞食といふものは、實は人のあはれみを乞ふものであつて、正しく「食」を乞ふものではない。毎日を生きるためにあくせくとして働く、これも聖なる生活に違ひないが、さて左様にして匆々忙々の間に馳求する心といふものを暫く止靜して、大きな自然の前に合掌するといふ氣持になつたならば如何。この氣持ちを以て果してやす〱と、生きて行くことが出來るとしたならば、さぞ心のどかな事であらう。さういふ人は、實に「めでたき人」と云つてよろしいのである。年の暮だといふに、やりくりの算段をする心配もなく、米や餅は乞ふがままに、人が與へてくれる。芭蕉は、さういふ境涯にあつて、自分も亦、古人の如く「めでたき人」の一人になれたことよ、と思つたのである。

その芭蕉も、今は古き古き人となつたのであるが、今の世にして――元禄の昔と較べて、ずつと世智辛い今の世にして――乞うて食ひ、貰うて食うてゐる「めでたき人」が一人、ここにゐる。それが此の山頭火である。

山頭火が身についた一切の物を捨てきつて、柱杖一鉢に命を托するやうになつたのも、既に久しい以前である。彼は、九州の或處に一旦、落付いたものの、托鉢行願を心として、飄々乎として歩きまはつた。歩くといふこと、其事に彼は生きようとした。考へてみれば、歩くといふ事は、たしかに生きてゆくものの姿である。芭蕉の言葉をひくまでもなく、「月日は百代の過客にして行きかふ年も亦旅人なり」である。世にありとあらゆるものは夫々の道を歩いてゐるものだ。だから、本當に歩くといふ事に徹しきつたならば其事に生き甲斐を見出し得よう。要は足ぶみをしない事にあるのだ。俳句の道だとても其通りである。されば、山頭火が歩き、歩き、又、歩きつめてゐた頃の俳句には、なかく好き句があつたのである。歩くことと句を作ることとが、同じリズムになつて流露してゐたからである。

其後、山頭火は、老來、歩くことにも疲れたらしく、山陽の或山中に庵を結んだ。其中に住む者は一人、佛間には觀世音菩薩。依て觀音經の其中一人作是唱言の語をもつて、これを其中庵と號したのも面白いことである。歩く事も生きてゆく姿であると共に、坐る事も生きてゆく姿に違ひない。要は、坐るべくんば、しつかりと坐ることである。まさに當軒大坐すべきである。ほんたうに磐石の如く坐りきつたならば、これは又神妙至極の境地となろう。一本の柿の木が光明の中に實るといふのも、眞に坐つてゐる姿なればこそではないか。其中庵以後の山頭火の句境には、木の實のおのづから落つるのを拾ふやうな、自然そのままのが圓熟してくるやうに見えた。私は又それを頼もしく思つてゐたのである。

近頃、山頭火は庵を捨てて四國に移つたと聞く。そこには老いたる梛の木があつて、あたりの風景も好く、庵の居心地も好いと聞いた。もちろん、其邊りには、彼の心を好く解する人々があつて、彼が乞ふがままに食ふことに不足はさせぬといふ談である。彼はいよいよ今の世のめでたいめでたき人となりすました事である。此上は、ますますめでたいめでたき句を作つて見せて貰ひたいものである。めでたきとは、俗におめでたいと云ふ、間《ま》のぬけた句の事ではない。「賞《め》でたし」とて手にとつて賞翫おく能はざる底の作を云ふのである。

昔は禪林の大徳にして、「一日作《な》さざれば一日食はず」と申された方さへもある。身に汗して働くこと無くして、乞ふがままに食を與へられるからには、其に相酬ゆべき所産をなさなくては、太陽に對しても相すまぬ譯であらう。所産とは、他ならず、好き句を作ることである。それであつてこそ、立派に大口を明いて、貰うて食うて恥かしくないのである。

　とにかく、此の今の世にして、乞うて食ふところの「めでたき人」であり得ることは、たしかに山頭火の徳である。此上は、此徳を更に積んでもらひたい。さうして、芭蕉にも、ひけめをとらぬ程の句を殘してもらひたい。さもなくては、爰に芭蕉を引合ひに出した私も亦、赤い顔をしなければならぬ事になる。

昭和十五年三月七日

嚴肅な惱み

齋藤清衞

まつたく色氣ぬきでゆかうとするならば、人はずぶの眞裸を押出してゆくより道がない。俳人としては江戸時代の一茶とか、今の者では、山頭火の行き方などがそれである。もつとも丸出しにするといつても、ぐうたらの自像をさらけ出すのがほまれなのでなく、反對に、しまりきつた一擧手一投足を洩れなく寫して見せてもそれが賞めたこととなるわけではない。身は高い教養をつみながら、妻子をすてて一介の乞食坊主になり下つた山頭火といへば、一とほり異常のことがらに聞こえるだろうが、昔の史實を考へると、これもさして目を瞠るほどのことではあるまい。

山頭火のえらさは、何といつても、そのもつ全靈を詩としてつよく表象することにより、私生活を深め生かしてきたことである。色氣なしに、それを押しづよく出しきつたその態度には、さながら戰國の英雄のやうなずぶとささへが見られると思ふ。「法衣こんなにやぶれて草の實」――そこには一字の差拔さへが出來ぬさうした凝精が認められるではないか。托鉢の途中、その破れた法衣の袖や裾やにひつついた草の實を、ふつと淋しくも見つめてゐるかれの姿が如實に打出されてゐる。「笠へぽつとり椿だつた」――この直截さに到つては、世の詩人のまつたく思ひもそめぬ心境である。いはゞ無心の子供のみが口にしうるさうした表象の世界だといつても差支ない。

托鉢行脚とか、孤獨な堂守やなどから出された句が、素材的に普遍性を缺くことはやむをえまい。しかし、山頭火の句が定型を超越してゐる理由を以て、徒らに蔑視しようとする人々に對し、極力自分は抗議したい。和歌の定家、連歌の宗祇、茶道の利休、すべてかかる一藝術様式の大成者は、それぞれに大團圓の幕をひいた人たちだつたと評してもよい。俳句における芭蕉の位相もまたこれに准ぜられるべきだ。要するにかれら天才はその道にとゞめをさしたがために、つひにかれらを踰えて上に立つ一人の後繼者をさへ作らなかつたのである。後方を行くものは、良心的であるかぎり、新しい別の步程を刻みつけるより他に方法を持たされてない。近世歌人が定家を出發點とし、蕪村が芭蕉から出たといふやうに解釋するのは誤謬で、表象の苦悶が、結局、類似の形式にかれらを誘致したとのみかれらを考ふべきものである。

「枯れゆく草のうつくしさにすわる」「ほろほろ醉うて木の葉ふる」——これら山頭火の句が語るやうに、かれは「坐りけり」とか「降るかも」とかいふ因襲のリズムに心を滿たすことが出來なかつた。そこに、血の滲むやうな表現上の惱みが觀取される。從つてその皮相的の自由は、恣意に紛へらるべき性質のものでは更にない。字數こそ區々であろうと、そこには嚴肅な一律の形式が內在してゐる。もつとも、それは、華美な衣裳と異り、普段衣のやうに、すゝんでそれを手にとつて見る用意のないかぎり、俗人には見おとされてしまふ性質のものかもしれない。酒仙の山頭火にも「へうへうと

して水を味ふ」――といふ句がある。この短律におい
て、かれは、酒と水とをわかたぬ諦念境への志向を示し
てゐる。そしてその方向の觀取されることにおいて
この句は正しいすがたを持つてゐると評すべきもの
だらう。其中庵における孤寥の日にも事變の波は刻々
にひゞいてきた。「勝たねばならない大地いつせい
に芽吹かうとする」「みんな出て征く山の青さのいよ
いよ青く」――多端にして複雑な現實がかうした長律
のものをかれをして必須ならしめた。そこには、實に

新しい形を創造するものの苦悶の血のたぎりが感知されるではないか。たとへ、山頭火の藝術は、なほ完成の途上にあるものであらうと、かれは一歩々々と確實なあゆみをつゞけてゐるものであることを臆斷して差支ない。

いふまでもなくかれは層雲社の一員である。層雲の歴史に通じてゐるものは、必ずやかれに對し放哉の存在を回顧するだろう。つまり、深刻な生活體驗が、かれらの藝術をしてかく獨自な域にまでのぼさせたわけである。自分としては、山頭火がむしろ現代から甘やかされてないことを可とするひとりであるが、今その句集が公刊されるときくと、やはり欣喜にたへない。ここに山頭火に對する私觀を卒直に披瀝して本句集の序文にかへて見た次第である。

昭和十五年四月三日

草木塔

鉢の子

大正十四年二月、いよいよ出家得度して肥後の片田舎なる味取觀音堂守となつたが、それはまことに山林獨住の、しづかといへばしづかな、さびしいと思へばさびしい生活であつた。

松はみな枝垂れて南無觀世音

松風に明け暮れの鐘撞いて

ひさしぶりに掃く垣根の花が咲いてゐる

大正十五年四月、解くすべもない惑ひを脊負うて、行乞流轉の旅に出た。

分け入つても分け入つても青い山

しとどに濡れてこれは道しるべの石

炎天をいただいて乞ひ歩く

放哉居士の作に和して

鴉啼いてわたしも一人

生を明らめ死を明らむるは佛家一大事の因縁なり（修證義）

生死の中の雪ふりしきる

木の葉散る歩きつめる

昭和二年三年、或は山陽道、或は山陰道、或いは四國九州をあてもなくさまよふ。

踏みわけるｒ萩よすすきよ

この旅、果もない旅のつくつくぼうし

へうへうとして水を味ふ

落ちかかる月を觀てゐるに一人

ひとりで蚊にくはれてゐる

投げだしてまだ陽のある脚

山の奥から繭負うて來た
笠にとんぼをとまらせてあるく
歩きつづける彼岸花咲きつづける
まつすぐな道でさみしい
だまつて今日の草鞋穿く
ほろほろ酔うて木の葉ふる

しぐるるや死なないでゐる

張りかへた障子のなかの一人

水に影ある旅人である

雪がふるふる雪見てをれば

しぐるるやしぐるる山へ歩み入る

食べるだけはいただいた雨となり

木の芽草の芽あるきつづける

生き殘つたからだ搔いてゐる

昭和四年も五年もまた歩きつづけるより外なかつた。あなたこなたと九州地方を流浪したことである。

わかれきてつくつくぼうし

また見ることもない山が遠ざかる

こほろぎに鳴かれてばかり

れいろうとして水鳥はつるむ

百舌鳥啼いて身の捨てどころなし

どうしようもないわたしが歩いてゐる

涸れきつた川を渡る

ぶらさがつてゐる烏瓜は二つ

大観峰

すすきのひかりさえぎるものなし

分け入れば水音

すべつてころんで山がひつそり

味々居

雨の山茶花の散るでもなく

しきりに落ちる大きい葉かな

けさもよい日の星一つ

すつかり枯れて豆となつてゐる

つかれた脚へとんぼとまつた
枯山飲むほどの水はありて
捨てきれない荷物のおもさまへうしろ
法衣こんなにやぶれて草の實
旅のかきおき書きかへておく
岩かげまさしく水が湧いてゐる

あの雲がおとした雨にぬれてゐる
ここに白髪を剃り落して去る
秋となつた雑草にすわる
こんなにうまい水があふれてゐる
年とれば故郷こひしいつくつくぼうし
岩が岩に薊咲かせてゐる

それでよろしい落葉を掃く
水音といつしよに里へ下りて來た
しみじみ食べる飯ばかりの飯である
まつたく雲がない笠をぬぎ
墓がならんでそこまで波がおしよせて
酔うてこほろぎと寝てゐたよ

昧々居

また逢へた山茶花も咲いてゐる

雨だれの音も年とつた

見すぼらしい影とおもふに木の葉ふる

緑平居二句

逢ひたい、捨炭《ボタ》山が見えだした

枝をさしのべてゐる冬木

物乞ふ家もなくなり山には雲

あるひは乞ふことをやめ山を観てゐる

述懐

笠も漏りだしたか

霜夜の寝床がどこかにあらう

熊本にて

安か安か寒か寒か雪雪

昭和六年、熊本に落ちつくべく努めたけれど、どうしても落ちつけなかつた。またもや旅から旅へ旅しつづけるばかりである。

自嘲

うしろすがたのしぐれてゆくか

鐵鉢の中へも霰

いつまで旅することの爪をきる

呼子港

朝凪の島を二つおく

大浦天主堂

冬雨の石階をのぼるサンタマリヤ

ほろりとぬけた歯ではある

寒い雲がいそぐ

ふるさとは遠くして木の芽
よい湯からよい月へ出た
はや芽吹く樹で啼いてゐる
笠へぽつとり椿だつた
しづかな道となりどくだみの芽
蕨がもう賣らてゐる

朝からの騒音へ長い橋かかる
ここにおちつき草萠ゆる
いただいて足りて一人の箸をおく
しぐるる土をふみしめてゆく
秋風の　石を拾ふ
今日の道のたんぽぽ咲いた

其中一人

雨ふるふるさとははだしであるく

くりやまで月かげの一人で

かるかややへかるかやのゆれてゐる

うつりきてお彼岸花の花ざかり

朝焼雨ふる大根まかう

草の實の露の、おちつかうとする

ゆふ空から柚子の一つをもらふ
茶の花のちるばかりちらしておく
いつしか明けてゐる茶の花
冬が來てゐる木ぎれ竹ぎれ
月が昇つて何を待つでもなく
ひとりの火の燃えさかりゆくを

お正月の鴉かあかあ

落葉の、水仙の芽かよ

あれこれ食べるものはあつて風の一日

水音しんじつおちつきました

茶の木も庵らしくひらいてはちり

誰か來さうな空が曇つてゐる枇杷の花

落葉ふる奥ふかく御佛を觀る
雪空の最後の一つをもぐ
其中雪ふる一人として火を焚く
ぬくい日の、まだ食べるものはある
月かげのまんなかをもどる
雪へ雪ふるしづけさにをる

雪ふる一人一人ゆく

落葉あたたかうして藪柑子

茶の木にかこまれそこはかとないくらし

或る友に

月夜、手土産は米だつたか

あるけば蕗のとう

椿ひらいて墓がある

ひつそりかんとしてぺんぺん草の花ざかり
いちりん挿の椿いちりん
音は朝から木の實をたべに來た鳥か
ぬいてもぬいても草の執着をぬく
もう暮れる火の燃え立つなり
人が來たよな枇杷の葉のおちるだけ

けふは蕗をつみ蕗をたべ

何とかしたい草の葉のそよげども

すずめをどるやたんぽぽちるや

もう明けさうな窓あけて青葉

ながい毛がしらが

こころすなほに御飯がふいた

てふてふうらからおもてへひらひら
やつぱり一人がよろしい雑草
けふもいちにち誰も來なかつたほうたる
すッぱだかへとんぼとまらうとするか
かさりこそり音させて鳴かぬ蟲が來た

行乞途上

松風すずしく人も食べ馬も食べ
けふもいちにち風をあるいてきた
何が何やらみんな咲いてゐる
あるけばきんぽうげすわればきんぽうげ
あざみあざやかなあさのあめあがり
うつむいて石ころばかり

若葉のしづくで笠のしづくで
ほうたるこいこいふるさとにきた
お寺の竹の子竹になつた
松かぜ松かげ寝ころんで
明けてくる鎌をとぐ
ひとりきいてゐてきつつき

かたむいた月のふくろうとして

川棚溫泉

花いばら、ここの土とならうよ

待つてゐるさくらんぼ熟れてゐる

山ふところのはだかとなり

山路はや萩を咲かせてゐる

ここにふたたび花いばら散つてゐる

朝の土から拾ふ
石をまつり水のわくところ
いそいでもどるかなかなかなかな
山のいちにち蟻もあるいてゐる
雲がいそいでよい月にする
朝は涼しい茗荷の子

いつも一人で赤とんぼ

旅の法衣がかわくまで雑草の風

けふはおわかれの糸瓜がぶらり

川棚を去る

ぬれるだけぬれてきたきんぽうげ

うごいてみのむしだつたよ

いちじくの葉かげあるおべんたうを持つてゐる

水をへだててをなごやの灯がまたたきだした
かすんでかさなつて山がふるさと
春　風　の　鉢　の　子　一　つ
わがままきままな旅の雨にはぬれてゆく

帰庵

ひさびさもどれば筍によきによき
びつしより濡れて代掻く馬は叱られてばかり

はれたりふつたり青田になつた
草しげるそこは死人を焼くところ
朝露しつとり行きたい方へ行く
ほととぎすあすはあの山こえて行かう
笠をぬぎしみじみとぬれ

家を持たない秋がふかうなるばかり

行乞流轉のはかなさであり獨善孤調のわびしさである。私はあてもなく果てもなくさまよひあるいてゐたが、人つひに孤ならず、欲しがつてゐた寢床はめぐまれた。

昭和七年九月二十日、私は故郷のほとりに私の其中庵を見つけて、そこに移り住むことが出來たのである。

曼珠沙華咲いてここがわたしの寢るところ

私は酒が好きであり水もまた好きである。昨日までは酒が水よりも好きであつた。今日は酒が好きな程度に於て水も好きである。明日は水が酒よりも好きになるかも知れない。

「鉢の子」には酒のやうな句(その醇不醇は別として)が多かつた。「其中一人」と「行乞途上」には酒のやうな句、水のやうな句がチャンポンになつてゐる。これからは水のやうな句が多いやうにと念じてゐる。淡如水――それが私の境涯でなければならないから。

(昭和八年十月十五日其中庵にて、山頭火)

山行水行

山あれば山を観る
雨の日は雨を聴く
春夏秋冬
あしたもよろし
ゆふべもよろし

炎天かくすところなく水のながれくる
日ざかりのお地蔵さまの顔がにこにこ
待つでも待たぬでもない雑草の月あかり
風の枯木をひろうてはあるく
向日葵や日ざかりの機械休ませてある
蚊帳へまともな月かげも誰か來さうな

糸瓜ぶらりと地べたへとどいた
夕立が洗つていつた茄子をもぐ
こほろぎよあすの米だけはある
まこと　お彼岸入の彼岸花
手がとどくいちじくのうれざま
おもひでは汐みちてくるふるさとのわたし場

しようしようとふる水をくむ

一つもいで御飯にしよう

ふと子のことを百舌鳥が啼く

山のあなたへお日さま見おくり御飯にする

晝もしづかな蠅が蠅たたきを知つてゐる

醉へなくなつたみじめさはこほろぎがなく

はだかではだかの子にたたかれてゐる

ほんによかつた夕立の水音がそここ

やつと郵便が來てそれから熟柿のおちるだけ

散るは柿の葉咲くは茶の花ざかり

うれてはおちる實をひろふ

人を見送りひとりでかへるぬかるみ

月夜、あるだけの米をとぐ

空のふかさは落葉しづんでゐる水

石があれば草があれば枯れてゐる

お月さまがお地藏さまにお寒くなりました

水音のたえずしていばらの實

うしろから月のかげする水をわたる

しぐるる土に播いてゆく

或る若い友

落葉を踏んで來て戀人に逢つたなどといふ

ぽきりと折れて竹が竹のなか

月がうらへまはれば藪かげ

とぼしいくらしの屋根の雪とけてしたたる

ほいないわかれの暮れやすい月が十日ごろ

街は師走の八百屋の玉葱芽をふいた
ことしもこんやぎりのみぞれとなつた
なんといふ空がなごやかな柚子の二つ三つ
ここにかうしてわたしおいてゐる冬夜
焚くだけの枯木はひろへた山が晴れてゐる
病 め ば 鷄 が そ こ ら ま で

よびかけられてふりかへつたが落葉林
雪へ足跡もがつちりとゆく
酒をたべてゐる山は枯れてゐる
しんみり雪ふる小鳥の愛情
遠山の雪も別れてしまつた人も
雪のあかるさが家いつぱいのしづけさ

藪柑子もさびしがりやの實がぽつちり
枯れてしまうて萩もすすきも濡れてゐる
椿のおちる水のながれる
寢ざめ雪ふる、さびしがるではないが
誰か來さうな雪がちらほら
ふくろうはふくろうでわたしはわたしでねむれない

汽車のひびきも夜明けらしい楢の葉の鳴る

月がうらへまはつても木かげ

枯れたすすきに日の照れば誰か來さうな

何もかも雜炊としてあたたかく

蓑蟲もしづくする春が來たぞな

病みほほけて信濃より歸庵

草や木や生きて戻つて茂つてゐる

病みて一人の朝がゆふべとなりゆく青葉
柿の若葉のかがやく空を死なずにゐる
蜂がてふちよが草がなんぼでも咲いて
けさは水音も、よいたよりでもありさうな
いつもつながれてほえるほかない犬です
ほんにしづかな草の生えては咲く

生えて伸びて咲いてゐる幸福

閉めて一人の障子を蟲が來てたたく

影もはつきりと若葉

ひよいと穴からとかげかよ

誰も來てくれない蕗の佃煮を煮る

千人風呂

ちんぽこもおそそも湧いてあふれる湯

うれしいこともかなしいことも草しげる

ひとりひつそり竹の子竹になる

山から山がのぞいて梅雨晴れ

朝からはだかでとんぼがとまる

食べる物はあつて酔う物もあつて雑草の雨

炎天のはてもなく蟻の行列

蜘蛛は網張る私は私を肯定する
いつでも死ねる草が咲いたり實つたり
日ざかり落ちる葉のいちまい
霽れててふてふ二つとなり三つとなり
青空したしくしんかんとして
ここにわたしがつくつくぼうしがいちにち

百合咲けばお地蔵さまにも百合の花
草にも風が出てきた豆腐も冷えただろ
風がすずしく吹きぬけるので蜂もとんぼも
ふるさとの水をのみ水をあび
ここを死に場所とし草のしげりにしげり
誰にあげよう糸瓜の水をとります

お彼岸のお彼岸花をみほとけに
彼岸花さくふるさとはお墓のあるばかり
秋風の、腹立ててゐるかまきりで
おちついて柿もうれてくる
重荷を負うてめ※くらである
つくつくぼうしあまりにちかくつくつくぼうし

柿の木のむかうから月が柿の木のうへ
寝床へ日がさす柿の葉や萱の穗や
何か足らないものがある落葉する

郵便屋さん

たより持つてきて熟柿たべて行く
百舌鳥のさけぶやその葉のちるや

樹明君に

うらから來てくれて草の實だらけ

92

ともかくも生かされてはゐる雑草の中

旅から旅へ

わかれてきた道がまつすぐ
月も水底に旅空がある
柳があつて柳屋といふ涼しい風
みんなたつしやでかぼちやの花も
夕立晴れるより山蟹の出てきてあそぶ
そこから青田のよい湯かげん

晝寝さめてどちらを見ても山
旅はいつしか秋めく山に霧のかかるさへ
よい宿でどちらも山で前は酒屋で
すわれば風がある秋の雑草
ここで寝るとする草の實のこぼれる
萩がすすきがけふのみち

白船居

うらに木が四五本あればつくつくぼうし
道がなくなり落葉しようとしてゐる
木の葉ふるふる鉢の子へも
柳ちるそこから乞ひはじめる
よい道がよい建物へ、焼場です

長門峡

いま寫しますす紅葉が散りますす

あるけば草の實すわれば草の實

春が來た水音の行けるところまで

梅もどき赤くて機嫌のよい目白頬白

春寒のをなごやのをなごが一錢持つて出てくれた

さて、どちらへ行かう風がふく

この道しかない春の雪ふる

けふはここまでの草鞋をぬぐ

石鴨莊

草山のしたしさは鶯も啼く

いつとなくさくらが咲いて逢うてはわかれる

橋畔亭

先生のあのころのことも楓の芽

樹が倒れてゐる腰をかける

津島同人に

おわかれの水鳥がういたりしづんだり

燕とびかふ旅から旅へ草鞋を穿く

名古屋同人に

もう逢へますまい木の芽のくもり

乞ひあるく水音のどこまでも

木曾路三句

飲みたい水が音たててゐた

山ふかく蕗のとうなら咲いてゐる

山しづかなれば笠をぬぐ

飯田にて病む二句

まこと山國の、山ばかりなる月の

あすはかへらうさくらちるちつてくる

山行水行はサンコウスイコウとも或はまたサンギョウスイギョウとも讀まれてかまはない。私にあつては、行くことが修することであり、歩くことが行ずることに外ならないからである。

昨年の八月から今年の十月までの間に吐き捨てた句數は二千に近いであらう。その中から拾ひあげたのが三百句あまり、それをさらに選り分けて纒めたのが以上の百四十一句である。うたふもののよろこびは力いつぱいに自分の眞實をうたふことである。この意味に於て、私は恥ぢることなしにそのよろこびをよろこびたいと思ふ。

あるけばきんぽうげすわればきんぽうげ
あるけば草の實すわれば草の實

この二句は同型同曲である。どちらも行乞途上に於ける私の眞實をうたつた作であるが、現在の私としては前句を捨てて後句を殘すことにする。

私はやうやく『存在の世界』にかへつて來て歸家穩坐とでもいひたいこころがする。私は長い間さまようてゐた。からだがさまようてゐたばかりでなく、こころもさまようてゐた。在るべきものに苦しみ、在らずにはゐないものに惱まされてゐた。そしてやうやくにして、在るものにおちつくことができた。そこに私自身を見出したのである。

在るべきものも在らずにはゐないものもすべてが在るものの中に藏されてゐる。在るものを知るときすべてを知るのである。私は在るべきものを捨てようとするのではない、在らずにはゐないものから逃れようとするのではない。

『存在の世界』を再認識して再出發したい私の心がまへである。

うたふものの第一義はうたふことそのことでなければならない。私は詩として私自身を表現しなければならない。それこそ私のつとめであり同時に私のねがひである。

（昭和九年の秋、其中庵にて、山頭火）

雑草風景

柿が赤くて住めば住まれる家の木として
みごもつてよろめいてこほろぎかよ
日かげいつか月かげとなり木のかげ
殘された二つ三つが熟柿となる雲のゆきき
みんなではたらく刈田ひろびろ
誰も來ないとうがらし赤うなる

病めば梅ぼしのあかさ

なんぼう考へてもおんなじことの落葉ふみあるく

落葉ふかく水汲めば水の澄みやう

病中二句

寝たり起きたり落葉する

ほつかり覺めてまうへの月を感じてゐる

月のあかるい水汲んでおく

白船老に

あなたを待つてゐる火のよう燃える

ちよいと茶店があつて空瓶に活けた菊

多賀治第二世の出生を祝して

お日様のぞくとすやすや寝顔

悔いるこころに日が照り小鳥來て啼くか

落葉ふんで豆腐やさんが來たので豆腐を

枯れゆく草のうつくしさにすわる

冬がまた來てまた齒がぬけることも
嚙みしめる味も抜けさうな齒で
竹のよろしさは朝風のしづくしつつ
霽れて元日の水がたたへていつぱい
舫ひてここに正月の舳をならべ
枯木に鴉が、お正月もすみました

どこからともなく散つてくる木の葉の感傷
しぐれつつうつくしい草が身のまはり
ひつそり暮らせばみそさざい
ぶらりとさがつて雪ふる蓑蟲
雪もよひ雪にならない工場地帯のけむり
あたたかなれば木かげ人かげ

住みなれて藪椿いつまでも咲き
あるがまま雑草として芽をふく
ぬくうてあるけば椿ぽたぽた
風がほどよく春めいた藪と藪
ほろにがさもふるさとの蕗のとう
ゆらいで梢もふくらんできたやうな

山から白い花を机に
ある日は人のこひしさも木の芽草の芽
人聲のちかづいてくる木の芽あかるく
伸びるより咲いてゐる
草のそよげば何となく人を待つ
ひとりたがやせばうたふなり

花ぐもりの窓から煙突一本
ひっそり咲いて散ります
枇杷が枯れて枇杷が生えてひとりぐらし
照れば鳴いて曇れば鳴いて山羊がいっぴき
空へ若竹のなやみなし
身のまはりは草だらけみんな咲いてる

ころり寝ころべば青空
何を求める風の中ゆく
草を咲かせてそしててふちよをあそばせて
青葉の奥へなお徑があつて墓
それもよからう草が咲いてゐる
月がいつしかあかるくなればきりぎりす

木かげは風がある旅人どうし

日の光ちよろちよろとかげとかげ

月のあかるさがうらもおもてもきりぎりす

樹明君に

あんたが來てくれさうなころの風鈴

炎天の稗をぬく

てふてふもつれつつかげひなた

病中五句

もう枯れる草の葉の雨となり

くづれる家のひそかにくづれるひぐらし

死んでしまへば、雑草雨ふる

死をまへに涼しい風

風鈴の鳴るさへ死のしのびよる

おもひおくことはないゆふべの芋の葉ひらひら

傷が癒えゆく秋めいた風となつて吹く
秋風の、水音の、石をみがく
萩が徑へまでたまたま人の來る
月へ萱の穂の伸びやう
旅はゆふかげの電信棒のつくつくぼうし
つきあたれば秋めく海でたたへてゐる

題して『雑草風景』といふ、それは其中庵風景であり、そしてまた山頭火風景である。

風景は風光とならなければならない。音が聲となり、かたちがすがたとなり、にほひがかほりとなり、色が光となるやうに。

私は雑草的存在に過ぎないけれどそれで滿ち足りてゐる。雑草は雑草として、生え伸び咲き實り、そして枯れてしまへばそれでよろしいのである。

或る時は澄み或る時は濁る。——澄んだり濁つたりする私であるが、澄んでも濁つても、私にあつては一句一句の身心脱落であることに間違ひはない。

此の一年間に於て私は十年老いたことを感じる。（十年間に一年しか老いなかつたこともあつたやうに）そして老來ますます惑ひの多いことを感じないではゐられない。かへりみて心の脆弱、句の貧困を恥ぢ入るばかりである。

（昭和十年十二月二十日、遠い旅路をたどりつつ、山頭火）

柿の葉

昭和十年十二月六日、庵中獨坐に堪へかねて旅立つ

水に雲かげもおちつかせないものがある

生野島無坪居

あたたかく草の枯れてゐるなり

旅は笹山の笹のそよぐのも

門司埠頭

春潮のテープちぎれてなほも手をふり

ばいかる丸にて

ふるさとはあの山なみの雪のかがやく

寶塚へ

春の雪ふる女はまことうつくしい

あてもない旅の袂草こんなにたまり

たたずめば風わたる空のとほくとほく

宇治平等院三句

雲のゆききも榮華のあとの水ひかる

春風の扉ひらけば南無阿彌陀佛

うららかな鐘を撞かうよ

伊勢神宮

たふとさはましろなる鶏

漁眠洞君と共に

けふはここに來て枯葦いちめん

麥の穂のおもひでがないでもない

濱名湖

春の海のどこからともなく漕いでくる

鎌倉はよい松の木の月が出た

伊豆はあたたかく野宿によろしい波音も

また一枚ぬぎすてる旅から旅

ほつと月がある東京に來てゐる

花が葉になる東京よさようなら

甲信國境

行き暮れてなんとここらの水のうまさは

のんびり尿する草の芽だらけ

信濃路

あるけばかつこういそげばかつこう

からまつ落葉まどろめばふるさとの夢

江畔老に

浅間をまともにおべんたうは草の上にて

碓氷山中にて路を失ふ

山のふかさはみな芽吹く

國上山

青葉わけゆく良寛さまも行かしたろ

日本海岸

こころむなしくあらなみのよせてはかへし

砂丘にうづくまりけふも佐渡は見えない

荒海へ脚投げだして旅のあとさき

水底の雲もみちのくの空のさみだれ

あうたりわかれたりさみだるる

水音とほくちかくおのれをあゆます

毛越寺

草のしげるや礎石ところどころのたまり水

平泉

ここまでを來し水飲んで去る

永平寺三句

水音のたえずして御佛とあり

てふてふひらひらいらかをこえた

法《ハッ》堂《トウ》あけはなつ明けはなれてゐる

大阪道頓堀

みんなかへる家はあるゆふべのゆきき

更けると涼しい月がビルの間から

今日の足音のいちはやく橋をわたりくる

七月二十二日歸庵

ふたたびここに草もしげるまま

わたしひとりの音させてゐる

自責

醉ざめの風のかなしく吹きぬける
鴉啼いたとて誰も來てはくれない
山羊はかなしげに草は青く
つくつくぼうし鳴いてつくつくぼうし
降れば水音がある草の茂りやう

庵中獨坐

こころおちつけば水の音
ひらひら蝶はうたへない
ぬれてててふてふどこへゆく
大いに晴れわたり大根二葉
何おもふともなく柿の葉のおちることしきり
柚子の香のほのぼの遠い山なみ

にぎやかに柿をもいでゐる

千人風呂

はだかで話がはづみます
からむものがない蔓草の枯れてゐる
米とぐところみぞそばのいつとなく咲いて
墓場あたたかうしててふてふ
山ふところの、ことしもここにりんだうの花

けさは涼しいお粥をいただく

結婚したといふ子に

をとこべしをみなへしと咲きそろふべし

わかれて遠い人を、佃煮を、煮る

鎌をとぐ夕焼おだやかな

いつまで生きる曼珠沙華咲きだした

藪にいちにちの風がおさまると三日月

わたしと生まれたことが秋ふかうなるわたし
歩くほかない草の實つけてもどるほかない
あたたかい白い飯が在る
ふつと影がかすめていつた風
風の明暗をたどる
立ちどまると水音のする方へ道

ほんのり咲いて水にうつり
草の咲けるを露のこぼるるを
吹きぬける秋風の吹きぬけるままに
やつと咲いて白い花だつた
落葉の濡れてかがやくを柿の落葉
悔いるこころの曼珠沙華燃ゆる

ふるさとの土の底から鉦たたき

月からひらり柿の葉

何を待つ日に日に落葉ふかうなる

涸れてくる水の澄みやう

草の枯るるにみそつちよ來たか

澄太おもへば柿の葉のおちるおちる

風は何よりさみしいとおもふすすきの穂

産んだまま死んでゐるかよかまきりよ

けふ　は　凩　の　は　が　き　一　枚

草のうつくしさはしぐれつつしめやかな

洗　へ　ば　大　根　い　よ　い　よ　白　し

しぐるる土をうちおこしては播く

自嘲

影もぼそぼそ夜ふけのわたしがたべてゐる
冬木の月あかり寝るとする
ひよいと芋が落ちてゐたので芋粥にする
しぐれしたしうお墓を洗つていつた
秋ふかい水をもらうてもどる
ひとりの火をつくる

生きてしづかな寒鮒もろた

草はうつくしい枯れざま

藁塚藁塚とあたたかし

樹明君に

落葉ふみくるその足音は知つてゐる

やつぱり一人はさみしい枯草

落葉してさらにしたしくおとなりの灯の

風の中からかあかあ鴉
葉の落ちて落ちる葉はない太陽
何事もない枯木雪ふる
ことしも暮れる火吹竹ふく
お正月が來るバケツは買へて水がいつぱい
昭和十二年元旦
今日から新らしいカレンダーの日の丸

自畫像

ぼろ着て着ぶくれておめでたい顔で
あつまつてお正月の焚火してゐる
雪ふる食べるものはあつて雪ふる
みぞるる朝のよう燃える木に木をかさね
しみじみ生かされてゐることがほころび縫ふとき
いつも出てくる蕗のとう出てきてゐる

緑平老に

かうして生きてはゐる木の芽や草の芽や

雪ふれば酒買へば酒もあがつた

ひらくよりしづくする椿まつかな

てふてふうらうら天へ昇るか

自戒

一つあれば事足る鍋の米をとぐ

柿の葉はうつくしい、若葉も青葉も――ことに落葉はうつくしい。濡れてかがやく柿の落葉に見入るとき、私は造化の妙にうたれるのである。

あるけば草の實すわれば草の實

あるけばかつこういそげばかつこう

そのどちらかを捨つべきであらうが、私としてはいづれにも捨てがたいものがある。昨年東北地方を旅して、郭公が多いのに驚きつつ心ゆくまでその聲を聽いた。信濃路では、生れて始めてその姿さへ觀たのであつた。

やつぱり一人がよろしい雑草
やつぱり一人はさみしい枯草

自己陶酔の感傷味を私自身もあきたらなく感じるけれど、個人句集では許されないでもあるまいと考へて敢て採録した。かうした私の心境は解つてもらへると信じてゐる。

（昭和丁丑の夏、其中庵にて、山頭火）

銃後

天われを殺さずして詩を作らしむ
われ生きて詩を作らむ
われみづからのまことなる詩を

街頭所見

日ざかりの千人針の一針づつ

月のあかるさはどこを爆撃してゐることか

秋もいよいよふかうなる日の丸へんぽん

ふたたびは踏むまい土を踏みしめて征く

しぐれて雲のちぎれゆく支那をおもふ

戰死者の家

ひつそりとして八ツ手花咲く

遺骨を迎ふ

しぐれつつしづかにも六百五十柱
もくもくとしてしぐるる白い函をまへに
山裾あたたかなここにうづめます
凩の日の丸二つ二人も出してゐる
冬ぼたんほつと勇ましいたよりがあつた
雪へ雪ふる戦ひはこれからだといふ

勝たねばならない大地いつせいに芽吹かうとする

遺骨を迎へて

いさましくもかなしくも白い函

街はおまつりお骨となつて帰られたか

遺骨を抱いて帰郷する父親

ぽろぽろしたたる汗がましろな函に

お骨聲なく水のうへをゆく

その一片はふるさとの土となる秋

みんな出て征く山の青さのいよいよ青く

馬も召されておぢいさんおばあさん

ほまれの家

音は並んで日の丸はたたく

歓送

これが最後の日本の御飯を食べてゐる、汗

ぢつと瞳が瞳に喰ひ入る瞳

案山子もがつちり日の丸ふつてゐる

戰傷兵士

足は手は支那に殘してふたたび日本に

孤寒

だまつてあそぶ鳥の一羽が花のなか
春風の蓑蟲ひよいとのぞいた
ひよいとのぞいて蓑蟲は鳴かない
もらうてもどるあたたかな水のこぼるるを
とんからとんから何織るうららか
ひなたはたのしく啼く鳥も啼かぬ鳥も

身のまはりはほしいままなる草の咲く
草の青さよはだしでもどる
草は咲くがままのてふてふ
藪から鍋へ筍いつぽん
ならんで竹の子竹になりつつ
窓にしたしく竹の子竹になる明け暮れ

風の中おのれを責めつつ歩く
われをしみじみ風が出て來て考へさせる
雷をまぢかに覺めてかしこまる
がちやがちやがちやがちやがちや鳴くよりほかない
誰を待つとてゆふべは萩のしきりにこぼれ
聲はまさしく月夜はたらく人人だ

雨ふればふるほどに石蕗の花

播きをへるとよい雨になる山のいろ

そこはかとなくそこら木の葉のちるやうに

ゆふべなごやかな親蜘蛛子蜘蛛

しんじつおちつけない草のかれがれ

しぐるるやあるだけの御飯よう炊けた

焼場水たまり雲をうつして寒く

死線四句

死はひややかな空とほく雲のゆく
死をひしと唐辛まつかな
死のしづけさは晴れて葉のない木
そこに月を死のまへにおく
いつとなく机に塵が冬めく

草の實が袖にも裾にもあたたかな
枯すすき枯れつくしたる雪のふりつもる
水に放つや寒鮒みんな泳いでゐる
一つあると蕗のとう二つ三つ
蕗のとうことしもここに蕗のとう
わかれてからのまいにち雪ふる

母の四十七回忌

うどん供へて、母よ、わたくしもいただきまする

其中一人いつも一人の草萌ゆる

枯枝ぽきぽきおもふことなく

つるりとむげて葱の白さよ

鶲また一羽となればしきり啼く

なんとなくあるいて墓と墓との間

おのれにこもる藪椿咲いては落ち
春が來たいちはやく蟲がやつて來た
啼いて二三羽春の鴉で
咳がやまない脊中をたたく手がない
窓あけて窓いつぱいの春
しづけさ、竹の子みんな竹になつた

ひとり住めばあをあをとして草

朝焼夕焼食べるものがない

自嘲

初孫がうまれたさうな風鈴の鳴る

雨を受けて桶いつぱいの美しい水

飛んでいつぴき赤蛙

げんのしょうこのおのれひそかな花と咲く

また一日がをはるとしてすこし夕焼けて

更に改作（昭和十五年二月）

草にすわり飯ばかりの飯をしみじみ

行乞途上（改作追加）

草にすわり飯ばかりの飯

旅心

葦の穂風の行きたい方へ行く

身にちかく水のながれくる

どこからともなく雲が出て來て秋の雲

飯のうまさが青い青い空

ごろりと草に、ふんどしかわいた

をなごやは夜がまだ明けない葉柳並木

秋風、行きたい方へ行けるところまで
ビルとビルとのすきまから見えて山の青さよ
朝の雨の石をしめすほど
　行旅病死者
霜しろくころりと死んでゐる
　老ルンペンと共に
草をしいておべんたう分けて食べて右左
朝のひかりへ蒔いておいて旅立つ

ちよいと渡してもらふ早春のさざなみ

なんとうまさうなものばかりがショウヰンドウ

宇平居

石に水を、春の夜にする

福澤先生舊邸

その土藏はそのままに青木の實

ひつそり蕗のとうここで休まう

人に逢はなくなりてより山のてふてふ

ふつとふるさとのことが山椒の芽
どこでも死ねるからだで春風
たたへて春の水としあふれる
水をへだててをとことをなごと話が盡きない
旅人わたしもしばしいつしよに貝掘らう
う　ら　う　ら　蝶　は　死　ん　で　ゐ　る

さくらまんかいにして刑務所

病院に多々櫻君を見舞ふ

投げ挿しは白桃の蕾とくとくひらけ

多々櫻君の靈前にて

桃が實となり君すでに亡し

うららかにボタ山がボタ山に

湯田名所

大橋小橋ほうたるほたる

このみちをたどるほかない草のふかくも

妹の家

たまたまたづね來てその泰山木が咲いてゐて
泊まることにしてふるさとの葱坊主
ふるさとはちしやもみがうまいふるさとにゐる
うまれた家はあとかたもないほうたる

溫柔鄉裏の井子居

きぬぎぬの金魚が死んで浮いてゐる

華山山麓の友に

やうやくたづねあててかなかな

　孤寒という語は私としても好ましいとは思はないが、私はその語が表現する限界を彷徨してゐる。私は早くさういふ句境から抜け出したい。この關頭を透過しなければ、私の句作は無礙自在であり得ない。（孤高といふやうな言葉は多くの場合に於て野郎自大のシノニムに過ぎない。）

　私の祖母はずゐぶん長生したが、長生したがためにかへつて沒落轉々の憂目を見た。祖母はいつも『業《ごふ》やれ業やれ』と呟いてゐた。私もこのごろになつて、句作するとき（恥かしいことには酒を飲むときも同様に）『業《ごふ》だな業だな』と考へるやうになつた。祖母の業やれは悲しいあきらめであつたが、私の業だなは寂しい自覺である。私はその業を甘受してゐる。むしろその業を悅樂してゐる。

　　凩の日の丸二つ二人も出してゐる
　　音は並んで日の丸はたたく

二句とも同一の事變現象をうたつた作であるが、（季は違つてゐたが）前句は眼から心への、後句は耳から心への印象表現として、どちらも殘しておきたい。

　　しみじみ食べる飯ばかりの飯である
　　草にすわり飯ばかりの飯

やうやくにして改作することが出来た。兩句は十年あまりの歳月を隔ててゐる。その間の生活過程を顧みると、私には感慨深いものがある。

（昭和十三年十月、其中庵にて、山頭火）

鴉

水のうまさを蛙鳴く
寝床まで月を入れ寝るとする
生えて墓場の、咲いてうつくしや
むしあつく生きものが生きものの中に
山からしたたる水である
まひまひしづか湧いてあふるる水なれば

かたすみの三ツ葉の花なり

半搗米を常食として

米の黒さもたのもしく洗ふ

へそが汗ためてゐる

降りさうなおとなりも大根蒔いてゐる

むすめと母と蓮の花さげてくる

雷とどろくやふくいくとして花のましろく

風のなか米もらひに行く
日が山に、山から月が柿の實たわわ
萩が咲いてなるほどそこにかまきりがをる
鳴いてきりぎりす生きてはゐる
ここを墓場とし曼珠沙華燃ゆる
身のまはりは日に日に好きな草が咲く

貧農生活二句

働らいても働らいてもすすきッ穂

刈るより掘るより播いてゐる

つゆけくも露草の花の

空襲警報るゐるゐとして柿赤し

防空管制下よい子うまれて男の子

身邊整理

焼いてしまへばこれだけの灰を風吹く

老遍路

死ねない手がふる鈴をふる

とほくちかくどこかのおくで鳴いてゐる

わが其中庵も

壁がくづれてそこから蔓草

それは死の前のてふてふの舞

月は見えない月あかりの水まんまん

十一月、湯田の風來居に移る

一羽來て啼かない鳥である

秋もをわりの蠅となりはひあるく
水のゆふべのすこし波立つ

燃えに燃ゆる火なりうつくしく

再會

握りしめる手に手のあかぎれ

囚人の墓としひそかに草萌えて

となりの夫婦

やつと世帯が持てて新しいバケツ

日支事變

木の芽や草の芽やこれからである

赤字つづきのどうやらかうやら蕗のとう

机上一りんおもむろにひらく

三月、東へ旅立つ

旅もいつしかおたまじやくしが泳いでゐる

春の山からころころ石ころ

啼いて鴉の、飛んで鴉の、おちつくところがない

風は海から吹きぬける葱坊主
伊良湖岬

はるばるたづね來て岩鼻一人
渥美半島

まがると風が海ちかい豌豆畑
鳳來寺拜登

お山しんしんしづくする眞實不虛
青蓋句屋

花ぐもりピアノのおけいこがはじまりました
濱名街道

水のまんなかの道がまつすぐ

秋葉山中

石に腰を、墓であつたか

水たたへたればおよぐ蟇

天龍川をさかのぼる

水音けふもひとり旅ゆく

山のしづけさは白い花

若水君と共に高遠城阯へ、緑平老に一句

なるほど信濃の月が出てゐる

月蝕

旅の月夜のだんだん虧げゆくを

伊那町にて

この水あの水の天龍となる水音

權兵衞峠へ

ながれがここでおちあふ音の山ざくら

鳥居峠

このみちいくねんの大栃芽吹く

木曾の宿

おちつけないふとんおもたく寝る

歸居

しみじみしづかな机の塵

朝の土をもくもくもたげてもぐらもち

大旱

涸れて涸れきつて石ころごろごろ

雨乞

燃ゆる火の、雨ふらしめと燃えさかる

どこにも水がない枯田汗してはたらく

まいにちはだかでてふちよやとんぼや

炎天のレールまつすぐ

もらうてもどる水がこぼれるすずしくも

鉦たたきよ鉦をたたいてどこにゐる

月のあかるさ旅のめをとのさざめごと

鳥とほくとほく雲に入るゆくへ見おくる

けふの暑さはたばこやにたばこがない

月は澄みわたり刑務所のまうへ

九月、四國巡禮の旅へ

鴉とんでゆく水をわたらう

三年ぶりに句稿（昭和十三年七月――十四年九月）を整理して七十二句ほど拾ひあげた。

所詮は自分を知ることである。私は私の愚を守らう。

（昭和十五年二月、御幸山麓一草庵にて、山頭火）

跋

大山澄太

一、俳禪一味

『やつぱり一人がよろしい』山頭火は、そのまま『やつぱり一人はさみしい』山頭火なのである。

いつも一人で坐つてゐる山頭火であり、いつも一人で歩いてゐる山頭火である。行乞して米を貰うて生きる山頭火が、有るもの皆人にやつて無一物にならねば落着けない山頭火である。いのちと頼む大切な鐵鉢さへも既に白船に與へ、黑の衣は澄太に繼いで了うてゐる。

濃い酒の好きな山頭火が、酒を好むと同じ程度に於て淡々たる水を好むのである。醉うては醒め、醒めては又醉ふ山頭火は、脫いでは着、着ては直ぐ脫ぐ山頭火である。

かくて孤と隣、獨坐と行乞、有と無、着と脫、此の大きく對立する兩の極から極へすつぱだかで、ふんどしまでもはづして、いのちの統一點を求むるべく無二無三に直入する時、山頭火のひたすらなる詩が生れる。

「草木塔」八百句、一言以つて之を云へば曰く純粹行である。たとへ濁つてゐても澄んでゐても、山頭火に於ては一句は一句の身心脫落であることに間違ひない。山頭火は行の藝術家である。山頭火の俳句は無の俳句である。句作を行ずることによつて、あらゆる對立するものと一如して而もきよろんとして御座る。

かくて『生死の中の雪ふりしきる』から出發して『死のしづけさは晴れて葉のない木』まで歩んで來、冬木の美しさを自分のものにして死生一如のまま之を俳句に轉ずるところ實に幽なる境に到達したのである。

二、「鉢の子」時代

大正十四年二月から一年二ヶ月の間、肥後の隈府に近い味取觀音堂の堂守として、はじめて佛飯に生きる身となつた。堂は高い石段の上にあつて、夏は涼しく冬は溫く、小鳥のたくさん遊びにくるよき御山であつた。東京を捨て、妻子を捨て、學を捨て去つたばかりの山頭火には、淋しいと云へば淋しい山林獨住であつた。村の素純な人々は、彼を敬し且ついたはつた。每朝はるか石段の下から桶に水を汲んでくれる老婆もあり、團子を重箱に盛つて顏を赤めてくる娘もあつた。字を敎へてくれと云うてくる少年もあつた。しかし觀音さまへ祈禱してくれと云ふ里人だけはもてあました。「無門關」「金剛經」の心を透得しようとしたのも此の堂守時代であつた。しかし淸くして淋しい堂守生活をつづけるためには、その頃の彼はあまりに熱い情熱を蓄へてゐた。燃ゆるものは燃やし切らなくてはならぬ。彼は草鞋を穿き笠を着、杖をついて立ち上つた。そしてうしろを振りむくこともせずへうへう遠くしてあてもない旅へ出た。

行乞流轉の日日である。大正十五年四月から昭和七年まで步きつづけた。九州・四國・山陽・山陰また九州といふ風に。默々としてひたすらに步いた。貰へれば食べてゆく、貰へねば潔く死するのみ、死を前にして一日公案一則を心しつつ一步一步步いたのである。あらゆる我を殺し、あらゆるインテリ的なものを否定し、謂ゆる路頭の乞食と同じ坐について下坐の行を重ねた。俳友知己の門に立つたことがあつても彼は笠を深うして語らなかつた。

鉢の子一つの世界である。その鉢には米も降り、銭も降り、霰も降り注いだ、一切は法雨である。法雨の中を一笠一杖歩きつづけたのである。

三、其中庵時代

『笠も漏りだしたか』と詠歎して、歩き疲れた彼に假りの寢床が與へられた。彼の故里から遠くない周防小郡宇矢足の山裾の靜かなところに古くて小さいけれど草屋根の家が空いてゐた。それをその地の國森樹明君の手によつて、一人は住める庵としたのである。昭和七年秋彼岸の中日に彼は小さい木彫の觀音像を安置して一本の細い香を献じた。名づけて其中庵。もつとも一時は長門の川棚に庵を結ぶことを考へたこともあつたが川棚は遂に彼の住むべき地ではなかつた。

私が彼の句を知つたのは大正十五年であつた。彼の顔を知つたのは結庵の翌年三月であつた。勿論一升の酒を携へて庵を訪ねた。あたりは柿の木が多くて、まばらな人家の垣根には椿の花が落ちてゐて、よき顔の石地藏さまも立つてゐるといふ部落の奥づまつたところ、竹林をうしろにし草や木にかこまれて白い障子の庵がひつそりとしてゐた。その時彼はたつた一つの碗を持つてゐた。彼の炊いた一鉢千家の飯を私がたべてゐる間、彼はじつと待つてゐて、私が食べ終るやその碗を洗ひもせず、さつさと自分の飯を盛つて食べだした。以來二人は一つ心で生きて來たかと思ふ。私は彼の前身を調べることを要しない。

その後しばく私は其中庵を訪ねた。夏の山頭火はふんどし一つだ。その裸へ、とんぼが止まりに來てくれるし、蝶はうらから表へひらくと庵の中を游いで拔けた。冬の山頭火は雪ふる中の一人として火を焚いてゐた。私が寢る時には薄い蒲團では寒からうとて衣、雜誌、机までもはねかけて庵の全財產で一人分の寢床を作り、私が眠る間、彼は酒をちびりく呑み乍ら起きて坐つてゐるのである。四時頃ふと醒めてみると、彼は依然として坐り、ほの白い障子に向いてゐた。その後姿の影像は今尚心にしみついてはなれない。

その頃よく近郷を托鉢した。山口・三田尻あたりまで。無心に歩く彼の托鉢成績はよかつた。米の二升位は二時間以内で袋にたまる。しかしもの憂い日には米はなくても行乞しない。水さへあれば三日位は生きてゆける。庵から二十歩にして棗の樹下に小さい井泉が涌いてゐる。夏は少し足りないのだが、一滴の水をも無駄にしないで活用する彼には十分である。時には各地の俳友から郵便でお賽銭が投ぜられる。その最後の一錢が手にある間彼は決して托鉢しない。持てるものは貰ふ資格がないと云ふ純一な考へ方なのである。今日は今日一日にて足れり、明日のことを一切思はないのである。結庵から昭和八年秋までの句を「草木塔」と題し出雲和紙で經本仕立と云ふ形で出版した。

其中庵の煙は細々とつづく、句境いよ〱深まり、禪味もいよ〱脱落して來た。或る日は「花開時蝶來、蝶來時花開」と、良寛の言葉を書いて壁に貼つたりした。庵の柿が熟して落ちる昭和八年の十一月初旬、其中庵は荻原井泉水を迎へたのである。師は天龍川紀行の杖を伸ばして岡山・尾道・佛通寺・廣島を經て小郡へ來た。德山からは白船、熊本からは元寛も加はつた。黎々火・黙壺等も集つた。茶の花が白く咲き、すすきは穗となつた晩秋のよき日和であつた。一行は裏山で松茸狩をし、それを焼いて其中庵で酒宴を張つた。「此の日も主人うれしがつて柚味噌を灰だらけにしたり、松茸を眞黑にこがしたり、それが如何にも山頭火らしいのである」とは井師の覺書である。まさに其中庵空前絶後の賑はひであつた。その時の句として

訪其中庵　　荻原井泉水

なるほど其中庵の茶の花で咲いてゐる
これだけで茶は足りてゐるといふ茶の木
笠は掛けるところにかかり茶の花
柿一つ空へあづけてあつた取つてくれる

裏から茸とつて來て日のさしてゐる疊
何もかもうれしく柚釜のこげすぎてゐる
藪もある、大根の青い隣もある

山頭火素描

掃かずにゐれば柿の落葉
佛に柿をおいて空にもある柿
いい日なたのいい藁家の其中
みのむし行きやうもなくて青い空で
みのむしもよ、貰うて着て着ぶくれてゐる
石、秋の日のぬくみをるを鉢の子を
白い米が黒い米がもらうた新米
水は、一人のだけは落葉の底
雨の降る日は寒いばかりで、雀のこゑ

茶の花これからがさみしくなる

昭和九年二月北九州へ旅し、一寸病氣したが三月意を決して「旅から旅へ」の旅に出た。先づ白船を訪ね、室積から宇品へ上陸した。口繪に用ゐた酒桶前の寫眞は廣島北部で默壺の撮りしもの、黒衣は白船夫人贈るところのものである。船で神戸へ上ると詩外樓・英之助・井夢等が迎へてゐた。京都では北朗、津島では魚眠洞、名古屋では蓮子と云ふ風に到るところで素晴しい人氣だつた。山頭火到る處清酒ありでふんだんに呑んだ。ところが木曾路へ分け入つて殘雪深い大平峠で風をひき、飯田の太田蛙堂居で遂に肋膜炎を發して了つた。山頭火危篤の報には皆驚いた。幸ひ不思議に動ける様になつて四月二十九日歸宅し、旅に疲れ病に衰へ切つた體を空しい草の中に横たへることが出來た。昭和九年十二月三日第五十二回の誕生日を庵で迎へ、第三句集「山行水行」をまとめた。

昭和十年、此の一年の間に翁は十年の歳をとつたと云うてゐる。齒は前齒の一本を殘して悉く抜け落ちて了ひ、顎髭はしらがを交ぜて長く伸びた。われ〳〵はもうそろそろ此の邊から彼を翁と云ふことにしよう。

其中庵は雑草が多い。生えるがまゝに生え茂らせて、自らもその「雑草風景」(第四句集)の中の一草としてほそ〴〵と生きることによつて、もののあはれを悟り、人の世の寂をも知つた。

齋藤清衞氏が訪ねて來たのもその雑草の中の八月であつた。三人は裸で草をほめ草に坐りて月を見、豆腐を食べ酒を呑んだ。日本文學の立場から山頭火の藝術を最もよく理解し、翁の紹介につとめてくれるのも此の人だ。庵主が酒のかんをすれば齋藤さんは米を洗つて飯を焚き、私は汁をたくと云ふ光景には、主もなく又客もない。而して庵前の雑草の上へ三人竝んでしよう〳〵として美しく光る月下の小便を注いで歸つて行つた。

その雑草に秋の足音が忍びよる頃のある日、翁は縁に立つた時、卒倒して雑草の中へ轉落した。それから幾時間かの死のしづけさが庵を流れた。折しも沛然として降つて來た夕立の雨だれによつて、翁は豁然として我に還つたのであつた。

昭和十年十二月から十一年七月まで翁は再び大旅行を思ひ立つて、あてもなく漂泊しつつ遂に奥の細道をもきわめた。旅人山頭火本來の面目をほんたうに發揮したのは恐らく此の旅であらうが、詳しく書いてゐては限りがない。紙もないであらうから略すが、永平寺では七日の間、靜かにお粥ばかり食べてゐたことは忘れ難い日時あつたであらう。永平寺の句は一つは悟りの句であつたと思ふ。超ゆべきものをひら〳〵超えて歸庵して其中一人日日獨坐。

第五句集「柿の葉」は昭和十二年の夏出した。翁は柿に於て日本の美を再發見したのであつた。「柿の葉」の裏には木村綠平の句集を刷つた。私は之を同性愛どんぶりと名づけてゐる。

昭和十二年の夏、支那事變が勃發した。翁は世を捨て乍ら、捨てるが故にこそ時局のたゞ中の空氣を吸うてゐる。事變の外に生きる翁ではなかつた。若き同胞の數多が天皇陛下萬歳を唱へては死んで白骨となつて歸るの時、翁は御國のため爲すことなき自らの體を恥ぢつつ、謙虛な心を以つて「銃後」の句作に精進した。それにかかはりなく其中庵は次第に朽ちて行つた。坐して月を天心に仰ぐと云へば風流には聞えるが霜夜の老軀を置くべき疊がないと云ふ「孤寒」には翁とても堪へ得られない。私は十三年の十月其中庵に二泊したが、それが庵の最期となつた

十三年十一月に發行された山口中學の同窓會報によると、第七回同窓生（明治三十四年卒業）の中には、陸軍少將・大學教授・銀行頭取等の肩書が種田正一の名に竝んでゐる。家郷に在りし者は町長・村長に納つてゐる。それに比べて種田正一はどうだ。霜深む雑草の中の一人として、あるか無きかの火を焚いて細々と煙をあげてゐるに過ぎない。その煙さへも昇らぬ日もあり勝ちなのだ。まことに無能無才にして此の一筋につながるとは山頭火翁のことだ。死生の間を流轉しつつ、解る人にしか解らない句を詠うて生きてゐる自分には自嘲し切れない翁である。然し、行く人なき此の一筋の句作道こそ、山頭火一人の唯一の道である。庵はくづれて孤寒身邉に迫るとも翁は翁としての道を更に掘下げなくてはならない。

昭和十三年十二月、住み慣れし庵を斷乎棄庵、捨てたからには穿き古した草鞋にも

等しい其中庵となつた。

四、湯田溫泉時代

一先づ綠平居で體を溫めてゐたが。人の溫さと共に、自然の溫さ、大地のあたたかさを熱愛する翁は、昭和十四年二月山口市湯田前町のある寺の前に四疊一間の家を見つけて假の住家とした。六月になつて私は訪ねて行つた。驛からはたゞ勘の働きに身を任せた。私は小さい日の丸の手旗を國旗として戶口に掲げてゐる家の前に來た。原稿紙に翁の名が書いて貼つてある。翁は蚊帳を持つてゐない、新聞をくすべて蚊を拂ひ二人は低い天井を見つつ横になつた。「まあがまんしてくれ、何しろ此の家はあんたの蚊帳よりか狹いのだからのんた」と云ふ。なるほど大空を笠にして步いた翁には蚊帳なんか問題でない。湯もよく、俳友もよかつたが、小さき市井の片隅は遂に翁の隱れるべきところとならなかつた。

その年の九月末翁はこの家を脫ぎ捨ててあてもない旅に上つた。

五、松山一草庵時代

翁は秋となつて空が高く水が深く澄んでくると、じつとしてゐられないのである。何ものかに憑かれたやうにへう〳〵として旅に出て了ふ。徳山・廣島と云ふコースだけは例の如くである。此度の旅は出家の出家である。鉢も衣も捨てた。いのちがけの旅である。松山を振り出しに十年振りの四國遍路である。櫻井・小松と云ふ風に、札所と友を訪ねつつ讃岐路に入り、小豆島八十八ヶ所をも巡拝した。土庄では杉本玄々子と一夜を語り、南郷庵の放哉の墓にぬかづいた。松の木の根には「いれものがない兩手で受ける」と刻んだ放哉の句碑が立つてゐる。鉢をなくした翁も亦いれものがない旅人だ。無きが故に一切をを容れつつ阿波・土佐を巡つて、山路をとり松山に戻つて來た。その路は度々野宿するほかない深い山中であつた。松山では高橋始・藤岡政一兩君が翁の體を心配した。そして老いたる體を落ちつけるべき庵を定めることを考へた。松山城北、護國神社の西側、御幸山の麓に小ぢんまりした栖が見つかつた。東南に向いて日當りよく、翁の好きな溫泉まで十五分で行ける。昭和十四年十二月彼は茲に坐を定めたのである。名づけて一草庵。

「日日好日、事事好事」先づかう書いて翁は師走の壁に貼つた。そしてその下で第七句集「鴉」の稿をまとめた。轉一歩、海を渡つた翁は更に進一歩するであらう。岩に憩ふの寫眞は石手川上流にて辻田直孝君とりしものである。一草庵については詳記しないことにする。知りたくば、會ひたくば、松山へ訪ねて行けばよいからである。

翁は永遠の旅人である。自然に歸依し、草木を友とする旅人である。果てなき旅の道すがら詠み捨てた八萬四千の句中、僅かに拾ふ八〇〇句こそは、翁が無心に積み上げた寂しき光の草木の塔である。日本は二千六百年に當り無の藝術塔を樹てたのである。

（昭和十五年彼岸の落日を仰ぎつつ、大山澄太しるす）

復刻版発刊にあたって

故ＮＰＯ法人まつやま山頭火倶楽部前理事長・藤岡照房氏は、数少ない山頭火研究家でもあった。氏は生前、山頭火自選句集『草木塔』の誤謬版が広く世の中に出まわっており、何とか初版本を再現したいという思いを抱いていた。

この度、山頭火没後八十周年記念事業の一環として、「伊予銀行地域文化活動制度」助成金をもとに、ご令孫・種田美奈子さまの了承を得て初版本『草木塔』の復刻版を刊行した。

なお本書は、山頭火生前の自選句集『草木塔』（昭和十五年四月二十八日刊）の初版本の復刊普及推進を目的とするため、底本に準じて、旧字体を採用した。一頁の俳句は三句の構成のものを、六句として頁数を整理し、表記はそのままとした。

※作品中には、今日では穏当でない表現が含まれているが、発表当時の時代背景や著者が故人であるという点を考慮し、底本のままとした。

令和三年十月十一日

ＮＰＯ法人まつやま山頭火倶楽部

昭和十五年四月二十五日印刷
昭和十五年四月二十八日發行

草木塔
定價金參圓

著者　種《タネ》田《ダ》山《サン》頭《トウ》火《クワ》
東京市大森區調布嶺町一ノ三四七

發行者　鎌田敬止
東京市神田區小川町二丁目十二番地

印刷者　小島順三郎

發行所　東京市大森區調布嶺町一ノ三四七　八雲書林
振替東京一六三〇九八番

發賣所　東京市神田區神保町一ノ一　株式會社上田屋書店
振替口座東京三〇八六番
電話神田(25)三五五八番

秀英社印刷　小川製本

八雲書林版奥付

草　木　塔【復刻版】

2021年10月11日　発行　定価＊本体1500円＋税
2022年 7 月31日　第二刷発行

著　者　　種田山頭火
編　者　　NPO法人 まつやま山頭火倶楽部
発行者　　大早　友章
発行所　　創風社出版

〒791-8068 愛媛県松山市みどりヶ丘9－8
TEL.089-953-3153 FAX.089-953-3103
振替 01630-7-14660 http://www.soufusha.jp/
印刷　㈱松栄印刷所

ISBN 978-4-86037-309-2